U0788811

策　　劃：莊喜臣

責任編輯：李縉雲　賈東營
責任印製：張　麗

图书在版编目（CIP）数据

明毛氏汲古閣抄本清塞詩集 /（唐）周賀撰．-- 北京：文物出版社，2016.10
（國家圖書館藏古籍善本集成 / 陳紅彥主編）
ISBN 978-7-5010-4719-2

Ⅰ．①明… Ⅱ．①周… Ⅲ．①唐詩—詩集 Ⅳ．①I222.742

中國版本圖書館 CIP 資料核字（2016）第 207600 號

國家圖書館藏古籍善本集成

明毛氏汲古閣抄本清塞詩集

〔唐〕周賀　撰

出版發行　文物出版社
郵　　編　一〇〇〇〇七
地　　址　北京市東直門内北小街二號樓
網　　址　hppt: //www.wenwu.com
郵　　箱　web@wenwu.com
製　　版　常州市彩之源數碼圖像有限公司
印　　刷　常州市金壇古籍印刷廠有限公司
開　　本　十六
版　　次　二〇一六年十月第一版
　　　　　二〇一六年十月第一次印刷
書　　號　ISBN 978-7-5010-4719-2
定　　價　七八〇圓

紫沙門法欽編《唐宋高僧詩集》，有元祐元年楊無為序者舊刻本，遂手校異字於每首上方，以資考證。且此書雖子晉亦未見過，曾於其家刻《弘秀集》中跋語及之，則余所見不差廣於子晉耶？』今此本書眉校語即出黃氏手筆，又在毛晉之外提供異文不少。名家批校，更為此書增色。其後此本入藏楊氏海源閣，鈐有『彦合珍玩』、『東郡楊二』、『宋存書室』、『楊氏海原閣藏』等印。今藏國家圖書館，曾經入選第三批《國家珍貴古籍名錄》。

周賀詩集的各種不同傳本，據以校錄成書，與上述兩宋本相校，頗有異文，偶能校正宋本之誤，如《春日重至南徐旧居》，書棚本『南徐』誤作『南除』；且書中屢有『《眾妙集》作某』、『一作某』之夾注，故此抄本校勘價值甚高，惜當時未能刊刻。

清嘉慶間，此本為大藏書家黄丕烈所得，有跋云：『吾友陶公因系子晉手跋本歸余，余亦以汲古本重之。』『陶公』蓋即其書友著名書賈五柳居主人陶蘊輝。黄跋又云：『適聞思庵主昆峰上人處，有武林梵天寺賜

姚郎中》至《送僧》四十五首，乃菏澤李和父編入《唐僧弘秀集》中者也。因汰其重複，又編四十五首，釐為上下卷，仍其舊名。』可知此本乃根據《唐僧弘秀集》及坊刻周賀詩集等汰除重複重新校錄成者。上卷錄自《弘秀集》，下卷輯自周賀詩之坊刻本及各種選本，各四十五首，較《全唐詩》卷五〇三所收僅少《送郭秀才歸金陵》、《送李億東歸》、《宿李樞書齋》三首而已。用汲古閣版格紙録，版框外有『毛氏正本、汲古閣藏』八字，卷末有毛晉手跋。毛晉當時能見到

本即從書棚本出。因周賀為僧時日長而還俗為士人時日短，載籍中多以『清塞』稱之，其詩集亦曾以『清塞』為名傳世，《郡齋讀書志》卷十八著錄《清塞詩》一卷，《直齋書錄解題》卷十九著錄《周賀集》一卷，云『別本又號《清塞集》』，宋李龏編《唐僧弘秀集》有宋本存世，卷四亦收《清塞詩》四十五首，所載與書棚本有所出入。

此本為明末汲古閣主人毛晉所編，跋云：『坊間《清塞》、《周賀》離為二集，篇章互混，其《留辭

淡泊以終。《唐才子傳》卷六有傳。

周賀擅長近體詩，多寫羈旅、送別情思，五代王定保《唐摭言》卷十稱其『詩格清雅』，與賈島、無可、朱慶餘等友善，多有詩作相酬贈。晚唐張為作《詩人主客圖》，以周賀為『清奇雅正』派入室弟子。其詩集見《新唐書·藝文志》、《宋史·藝文志》，均著錄《周賀詩》一卷，今存世有宋陳起書籍鋪所刻《周賀詩集》一卷，是現存最早、最佳的周賀詩單刻本，世稱『書棚本』，收詩七十七首，明朱警刻《唐百家詩》

出版說明

樊长远

《清塞詩集》二卷，唐周賀撰。明末毛氏汲古閣抄本。八行十八字，細黑口，四周雙邊。一册。明毛晉跋、清黄丕烈校並跋。

周賀（生卒年不詳）字南卿，東洛（今河南洛陽）人。早年削髮為僧，法名清塞，居於廬山、鎮江等地，後來又在少室、終南諸山隱居。唐敬宗寶曆年間，杭州刺史姚合愛其《哭僧》詩『凍鬚亡夜剃，遺偈病中書』之句，令其還俗復姓，改名為賀。後仍隱居名山，

國家圖書館藏古籍善本集成　陳紅彦　主編

明毛氏汲古閣抄本清塞詩集

［唐］周賀　撰

出版說明

文物出版社